MONDRAGÓ

La gran prueba

Ana Galán

Ilustrado por Pablo Pino

everest

DÉCIMA EDICIÓN

© 2012, EDITORIAL EVEREST, S. A.
Carretera León-La Coruña, km 5 - LEÓN (España)
© del texto: Ana Galán
© de la ilustración: Pablo Pino

Dirección y coordinación editorial: Editorial Everest, S.A.
Diseño de cubierta: Editorial Everest, S.A.

ISBN: 978-84-441-4812-0
Depósito legal: LE. 768-2014

Printed in Spain - Impreso en España
EDITORIAL EVERGRÁFICAS, S. L.
Carretera León-La Coruña, km 5 LEÓN (España)

Atención al cliente: 902 123 400

Conoce nuestros productos en esta página, danos tu opinión y descárgate gratis nuestro catálogo.

www.everest.es

*A mis editoras Raquel López
y Ana María García.*
Ana Galán

*Para Jesi, mi amor y apoyo
incondicional en cada trazo.*
Pablo Pino

CAPÍTULO 1

¡Por fin!

Cale era un chico inteligente, buen deportista y divertido. Vivía en un castillo y tenía todo lo que un niño pudiera necesitar a su edad: un montón de amigos, una paloma mensajera, una armadura ultraligera para su equipo de las cruzadas, una habitación para él solo con una catapulta en la ventana, unos padres que lo querían mucho y una hermana que en realidad le daba más la lata que otra cosa.

Pero no tenía un dragón.

Él era el ÚNICO de tooooodos sus amigos que había tenido que andar todos los días al colegio o ir en el dragón de su padre.

¡Y ya no aguantaba más!

No comprendía por qué había que esperar hasta los once años para tener un dragón, pero así era, y en Samaradó nadie rompía las normas. No con el alcalde Wickenburg, el hombre más serio, más desagradable y más antipático del pueblo, pero al que todo el mundo escuchaba y obedecía porque también era el más sabio. Más de una vez, Cale había intentado convencer a Antón, el dragonero, de que le dejara probar algún dragón, pero este siempre le decía que no, que jamás le daría a nadie su primer dragón a no ser que se presentara con sus padres el día de su cumpleaños decimoprimero.

Y para Cale, POR FIN ese día había llegado.

Se levantó de la cama de un salto, bajó las escaleras de tres en tres y tuvo la mala suerte de que al dar el último salto aterrizó encima de la cola de Pinka, la dragona de su hermana, que estaba tranquilamente tumbada mientras Nerea le limaba las uñas. Pinka y Nerea eran igual de femeninas y delicadas, como mariposas de colores que revolotean con gran ligereza, a pesar de que Pinka ya debía de pesar más de doscientos kilos.

—¡Oye, cuidado! —gritó Nerea—. Ah y por cierto, felicidades. A ver si ahora que eres mayor te calmas un poco.

—Gracias —dijo Cale sin apenas mirarla y siguió corriendo a la cocina.

—¡Mamá! ¡Papá! ¡Vamos! ¡Vamos a recoger mi dragón! —gritó derrapando por las baldosas brillantes.

¡POF! Chocó contra la enorme mesa de madera, haciendo que todo lo que estaba encima se tambaleara. Su madre sonrió.

—¡Felicidades, Cale! ¡Este sí que es un cumpleaños especial! —dijo y le dio un beso—. Saldremos enseguida, pero antes tienes que desayunar algo. Además, ¡no puedes ir así! ¡Estás en calzoncillos!

—¡Huy!

¡Con las prisas se había olvidado de vestirse!

Cale engulló una tostada sin apenas respirar, bebió un vaso de leche y salió disparado a cambiarse.

A los dos segundos ya estaba de nuevo en la puerta, listo para salir.

Sus padres lo esperaban en el jardín, montados en sus dragones. Kudo, el elegante dragón negro de su padre, y Karma, la leal compañera de su madre.

Cuando Cale estaba a punto de subirse al dragón de su padre, vio que se acercaba volando una paloma mensajera. La reconoció enseguida. Era una de las palomas de su mejor amigo, Casi. Levantó el brazo y la paloma se posó encima. Entonces, Cale sacó el rollito de pergamino con el mensaje que llevaba en la pata y lo leyó:

¡Felicidades y suerte con el dragón! Casi lo tienes.

Cale sonrió orgulloso. Su mejor amigo Casi «casi» nunca se olvidaba de nada. Se pasaba el día inventando misiones y «casi» siempre solían salir bien. Casi. Normalmente Cale le habría contestado con otro mensaje, pero esta vez tenía prisa. Es más, ni siquiera había cogido el canasto con la paloma mensajera que solía llevar cuando salía de casa. Esta vez solo tenía una cosa en la cabeza: su nuevo dragón.

Se subió al lomo de Kudo y le preguntó a su padre:

—Papá, ¿tú sabes cómo será?

—No, nadie sabe cómo es su dragón hasta el día en que se lo dan —contestó su padre—, pero no te preocupes porque Antón siempre acierta. Siempre encuentra el dragón perfecto para cada persona. Ya verás.

El padre de Cale le dio con los talones a su dragón y este alzó el vuelo, con Karma siguiéndolo de cerca.

Sobrevolaron colinas decoradas con castillos y campos de cultivo que empezaban a dar las primeras frutas y verduras del verano. Al oeste se veía el Bosque de la Niebla, el único lugar del condado donde nadie se atrevía a ir. Según los rumores, en el bosque

vivían los árboles parlantes, aunque nadie jamás los había visto. Seguramente se trataba de cuentos de viejas para asustar a los niños. Al este brillaban las aguas del Lago Rojo, donde todos los veranos Cale iba de excursión. Este año ya podría llevar a su propio dragón. Esperaba que supiera nadar y que le gustara el agua tanto como a él.

Mientras Cale observaba el paisaje, pensó en lo que le había dicho su padre. Era cierto que los dragones que tenían sus amigos y familiares eran perfectos para ellos. El de Casi era tranquilo y muy bajito, así que a su amigo, que todavía no había dado el estirón, apenas le costaba trabajo subirse. La de su hermana era tan cursi como ella, con escamas de colores, el cuello muy largo y las uñas largas. El del loco de Arco era

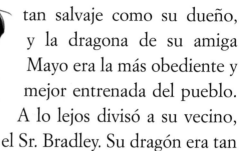 tan salvaje como su dueño, y la dragona de su amiga Mayo era la más obediente y mejor entrenada del pueblo.

A lo lejos divisó a su vecino, el Sr. Bradley. Su dragón era tan viejo y flaco como su jinete, y volaba lentamente a ras del suelo.

Su padre debía de tener razón.

Seguro que a él le darían un dragón inteligente, buen deportista y divertido como él. Y seguro que tendría un color alucinante, verde o rojo, o a lo mejor una combinación de los dos, como su equipo de las cruzadas.

CAPÍTULO 2
Un dragón diferente

No tardaron mucho en llegar a la dragonería, una finca grande al norte del pueblo. En la entrada había un caserón enorme hecho de grandes troncos de madera donde vivía Antón, el experto dragonero que hacía de criador y de veterinario y tenía, entre otras, la honorable tarea de asignar los dragones a sus dueños correspondientes. En la parte de atrás de la finca se distinguían un montón de establos y picaderos donde correteaban crías de dragón con sus madres. A la derecha estaba la clínica donde llevaban a los dragones heridos o enfermos, y en uno de sus corrales descansaba un dragón con aspecto de serpiente que tenía una de las alas vendadas.

Kudo y Karma aterrizaron con suavidad delante de la puerta principal y Cale y sus padres se apearon de un salto nada más llegar. El padre de Cale le dio un golpecito a Kudo en el lomo para que se fuera a jugar hasta que lo necesitara otra vez.

No dieron más de dos pasos cuando la puerta del caserón se abrió de par en par y apareció Antón con su espesa barba color ceniza, ocupando toda la puerta con su cuerpo fuerte y robusto. Llevaba unas botas de montar y un cinturón del que colgaban todo tipo de herramientas: una fusta, una cuerda, una cinta métrica y un anillo lleno de llaves de hierro.

—¡Pero mira quién está aquí! ¡Si es Cale Carmona! —dijo con su gran vozarrón—. ¡Ya estás hecho un hombrecito! ¡Por aquí, por aquí! —Les hizo una señal con la mano para que entraran.

Cale entró corriendo y sus padres lo siguieron.

Entraron en una sala con un techo altísimo y paredes de troncos de madera. Apenas había muebles, solo una pequeña mesa con un cuaderno en una esquina, un cajón de madera en el suelo y tres sillas al lado. En un lado de la sala había tres puertas de dos hojas cada una, cerradas con grandes cerrojos de hierro.

—Sé que estás ansioso por conocer a tu dragón y comenzar la gran prueba, así que no perdamos tiempo. Súbete aquí, por favor —dijo Antón.

Cale se subió en el cajón de madera y Antón empezó a tomarle las medidas mientras le hacía preguntas:

—¿Qué deportes practicas? ¿Eres zurdo o diestro? ¿De cuántos pisos es tu castillo? ¿Dónde va a dormir el dragón? ¿Ya has pensado en un nombre? ¿Tienes perro? ¿Eres alérgico a algún animal?

—Cruzadas, diestro, tres, en mi habitación, no, no, no… —contestaba Cale cada vez más nervioso.

Antón iba escribiendo en su cuaderno las respuestas de Cale y las medidas que tomaba. Sus padres observaban la escena sentados tranquilamente en sus sillas. Ellos ya habían pasado por esto con su hija y sabían que no tenían de qué preocuparse. Cuando Antón obtuvo toda la información que necesitaba, se quedó un buen rato estudiando sus notas y haciendo ruiditos con la boca:

—Ummm, ya, ummm…

De pronto, levantó la vista y dijo con una sonrisa triunfante:

—Sé exactamente lo que necesitas. —Y sin más, se fue por una de las puertas desenganchando la cuerda que tenía en el cinturón.

Mientras esperaban, Cale se subía y se bajaba del cajón, recorría la sala de lado a lado y miraba impacientemente a la puerta.

—Cale, tranquilízate —decía su madre—. Y no te muerdas las uñas.

No tuvieron que esperar mucho. A los pocos minutos se oyeron unos ruidos y unas pisadas que provenían del mismo lugar por donde había salido Antón.

—Vamos —gritaba Antón—, no te distraigas.

La puerta se abrió de nuevo y salió Antón. En una mano llevaba un saco lleno de cosas y con la otra tiraba de una cuerda. El pasillo estaba muy oscuro y no se veía qué había en el otro extremo de la cuerda.

—Este es un poco tímido con los humanos —dijo Antón—, pero en cuanto te conozca ya verás lo increíble que es. Solo tendrás que tener un poco de paciencia al principio.

Cale miraba hacia la oscuridad. ¿Qué tipo de dragón le habría llevado? ¿Y por qué no quería salir? ¿Acaso le daba miedo?

Antón le pegó otro tirón a la cuerda y consiguió sacar a trompicones a un animal inmenso que cayó de cabeza al suelo.

¡PATAFLAP!

El dragón se quedó tumbado en medio de la sala.

Cale lo miró con los ojos muy abiertos. No era para nada lo que había esperado. Tenía el cuerpo demasiado grande, las alas demasiado pequeñas, la cabeza alargada y en la boca una especie de sonrisa bobalicona que le daba aspecto de no ser muy inteligente. Además, las garras de las patas traseras eran inmensas, ¡con razón se había tropezado! No era verde, ni rojo, sino de un color marrón muy poco llamativo.

El dragón se puso lentamente de pie, acercó la narizota a Cale y, al olerlo, echó la cabeza hacia atrás, cerró la boca con fuerza y pegó un gran estornudo.

¡ACHÚS!

Una llamarada de fuego le salió por la nariz. Cale consiguió apartarse justo a tiempo, pero en el suelo quedó una marca negra y enseguida sintió el olor a madera chamuscada.

—¿Está enfermo? —preguntó preocupado.

—No, no, para nada —dijo Antón—, seguramente se trata de una alergia de verano o algo así. Bueno, ¿qué te parece? ¿No es un ejemplar magnífico? ¿Cómo lo vas a llamar?

Cale volvió a observar al dragón. Después miró a sus padres. Ellos tampoco parecían muy convencidos. Ese dragón no parecía estar listo para ir a ninguna parte. Cale se sentó en el suelo para pensar en el nombre. Inmediatamente, el dragón se le acercó, se sentó justo a su lado, aplastándole un poco la pierna, y dejó descansar la cabeza encima de la de su nuevo dueño.

En ese momento Cale tomó una decisión.

No importaba cómo fuera ni qué aspecto tuviera, ese era su dragón y con él tendría que pasar la gran prueba y estaba seguro de que lo iba a conseguir.

—**Mondragó** —contestó—. Se llamará Mondragó.

—Qué nombre más… original —dijo su madre forzando una sonrisa.

—Muy bien. Pues Mondragó será —dijo Antón escribiendo el nombre en su cuaderno. Después desató la cuerda que Mondragó tenía atada a su collar, la enrolló y se la volvió a poner en el cinturón. Abrió el saco y le dio su contenido a Cale—. Aquí tienes una

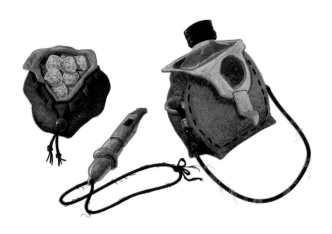

correa, una bolsa con galletitas de dragón para que lo premies cada vez que haga algo bien, una alforja con agua para el camino y un silbato que te servirá para llamarlo si está muy lejos. Lo más importante es enseñarle buenos modales desde el principio. Ah, y con esas alas tan pequeñas, ten en cuenta que todavía no puede volar. Seguramente, a medida que se haga mayor, le irán creciendo y es posible que algún día llegue a levantar el vuelo, aunque no hay garantías. En cualquier caso, de momento, ni lo intentes. Tampoco te recomiendo que te subas encima. Los dragones de esta raza tienen la espalda muy delicada al principio y con el peso le podrías provocar una lesión.

—Pues vaya —dijo Cale que no podía disimular su decepción—. Si no puede volar y no lo puedo montar, ¿qué puedo a hacer con él? —preguntó.

—Paciencia, Cale, paciencia. Todo llegará —dijo Antón suavemente—. El buen vino no se hace en un día.

«A mí el vino me trae sin cuidado», pensó Cale. «Lo que quiero es tener un dragón normal y corriente».

—Ah, toma, quédate también con este saco, que a lo mejor te sirve para algo —dijo Antón, dándole el saco—. Y ahora salgamos afuera que aquí no tenemos nada más que hacer.

Antón se dirigió a la puerta principal, la abrió de par en par y la sujetó para que todos pasaran. Los padres de Cale fueron los primeros en salir. Cale le puso la correa a Mondragó y tiró.

—Vamos —dijo.

Pero Mondragó no se movió.

Cale tiró un poco más.

Nada. Mondragó seguía ahí sentado mirando hacia el techo, distraído con una mosca que revoloteaba por encima de su nariz.

Cale miró a Antón para ver si le podía dar algún consejo.

—Ofrécele una de las galletas —dijo Antón.

Cale sacó una galleta e inmediatamente Mondragó se acercó a olerla. Cale se la puso delante del morro hasta que salieron del caserón. Una vez afuera, se la dio y Mondragó se la tragó sin respirar.

—Listos —dijo Cale.

Antón se acercó a Cale, le puso la mano en el hombro, se enderezó y dijo con voz solemne:

—Cale, por el poder que me otorga el pueblo de Samaradó y en honor a tu undécimo cumpleaños, te concedo este dragón.

Debes cuidarlo, alimentarlo y mantenerlo siempre a salvo. Debes protegerlo de cualquier mal y enfermedad y adiestrarlo para que forme parte de nuestra sociedad. Tener un dragón es una gran responsabilidad y, como tú bien sabes, para que el dragón sea tuyo debes demostrar que te lo mereces, debes demostrar tu madurez. Esta es tu gran prueba: en unos minutos debes emprender el regreso a tu castillo, sin la compañía ni la protección de ningún adulto. Debes llevar contigo a Mondragó y conseguir que llegue sano y salvo antes de que la luna alcance su punto álgido. Es así de sencillo. Si no recibo noticias tuyas en menos de doce horas, el dragón deberá regresar aquí y no podrás optar a otro hasta que no pasen seis meses. ¿Alguna pregunta?

Cale no contestó inmediatamente. Miró a Mondragó que en esos momentos observaba con atención unas hormigas que se metían en su hormiguero.

Al ver cómo desaparecían en la tierra, Mondragó empezó a escarbar para intentar comérselas, levantando una gran polvareda.

—¡Oye! ¡Para! —le ordenó Cale, tirando de la correa. Pero Mondragó siguió escarbando y olisqueando el hormiguero.

A Cale le habían asignado un dragón que no podía volar, que se tropezaba con sus enormes patas, que no obedecía y se distraía con cualquier cosa. ¿Cómo iba a conseguir llevarlo hasta su castillo? ¡Era imposible! ¡Jamás lo conseguiría!

No podía ni imaginarse qué les tendría que decir a sus amigos al día siguiente cuando se enteraran de que no había pasado la prueba. Llevaban todo el año haciendo planes para cuando él tuviera su propio dragón. Iban a ser las mejores vacaciones de verano. Pensaban ir de acampada, volar hasta las montañas, practicar el juego de las cruzadas y miles de cosas más. Y ahora, por su culpa, o más bien, por culpa del dragón que le habían asignado, no iban a poder hacer nada de eso. Por lo menos Arco lo comprendería. Al fin y al cabo él tuvo que hacer tres pruebas hasta que por fin consiguió que le dieran su dragón. En el pueblo la gente todavía hablaba de la primera vez que lo intentó y desapareció del mapa durante una semana. Por lo visto, el primer dragón que le habían asignado era tan rápido que decidió aventurarse a conocer nuevos lugares con él y se le pasó por completo el pequeño detalle de que tenía que volver en menos de doce horas. Sí, Arco lo entendería, pero Casi y Mayo iban a estar muy decepcionados.

—¿Y bien? —preguntó Antón, haciendo que Cale saliera de sus pensamientos—. ¿Tienes alguna pregunta?

Cale miró a Antón, después miró a sus padres que lo observaban con cara de preocupación.

—No. No tengo ninguna pregunta —respondió—. Llegaremos al castillo antes de que la luna alcance su punto álgido —dijo muy decidido. Tenía que conseguirlo. Tenía que demostrar que se merecía un dragón, fuera como fuera. No pensaba defraudar a nadie.

—Muy bien, pues entonces espero noticias tuyas en menos de doce horas —contestó Antón—. ¡Suerte! Y ahora, me voy que tengo que dar de comer a todos esos que tengo ahí atrás. —Le dio una palmada a Cale en la espalda, después se despidió de sus padres y entró en el caserón.

Cale, sus padres y Mondragó se quedaron en silencio sin saber muy bien qué hacer.

—¿Y ahora qué? —dijo por fin Cale.

Su padre se acercó y acarició al dragón, pero en cuanto lo hizo, Mondragó volvió a estornudar.

¡ACHÚS!

Le salió una llamarada por la nariz que prendió fuego a unas plantas secas que había cerca.

El padre de Cale apagó las llamas con el pie.

—Pues ahora tienes que emprender tu camino y enseñarle un montón de cosas —dijo su padre—. Pero ya has oído lo que dijo Antón, Mondragó no puede volar. Me temo que vas a tener que ir andando.

—¡Pero si está lejísimos! ¡Va a ser imposible!

—Cale, si fuera imposible no te habrían puesto esa prueba. Sé que tú lo puedes conseguir. Confía en tu instinto —le dijo su madre poniéndole las manos en los hombros—. Ya tienes once años y estás bien preparado. Sabes muy bien lo que tienes que hacer.

—Nosotros te estaremos esperando en el castillo con una gran cena para celebrar tu cumpleaños —añadió el padre—. ¡Vamos, anímate! ¡Demuestra lo mucho que vales!

—Gracias —dijo Cale, que seguía sin estar convencido del todo, aunque sabía que tenía que intentarlo—. Mejor será que empiece cuanto antes.

El padre de Cale llamó a Karma y Kudo con un silbido y estos se acercaron volando a recoger a sus dueños.

Cale se quedó mirando cómo sus padres se subían a los dragones y se alejaban por el cielo, despidiéndose de él con la mano.

—¡Suerte! —gritó su padre.

En unos minutos ya solo eran unos puntos en la distancia.

CAPÍTULO 3

La gran prueba

—*Nos hemos quedado solos* —le dijo Cale a Mondragó. Llevaba la bolsa de galletas atada al cincho, la alforja a la espalda y el silbato en la mano—. Bueno, espero que por lo menos aguantes una buena caminata. —Metió el silbato en el saco y se lo echó también a la espalda.

Mondragó se puso de pie, pegó el morro al suelo y empezó a olisquear el camino.

—Desde luego, pareces un perro sabueso más que un dragón —dijo Cale riendo mientras tiraba de la correa—. Venga, que nos queda un buen trecho por recorrer.

Y así empezaron el lento regreso hacia el castillo de Cale.

Se metieron por el sendero de tierra que salía de la dragonería. Cale quería ir rápido, pero Mondragó se distraía con todo lo que se encontraban por el camino: olía las flores, perseguía a las mariposas, salía corriendo detrás de los conejos arrastrando a Cale, se quedaba mirando a las nubes pasar y olisqueaba todos los árboles y todas las piedras con las que se tropezaba sin parar.

—¡Vamos, Mondragó! —lo apremiaba Cale tirando de la correa—. Tenemos que llegar hoy. Tienes que conocer a todos mis amigos y mi castillo y mi habitación y hasta a mi hermana. Vas a tener muchos dragones para jugar, ya verás.

Pero Mondragó no parecía tener ninguna prisa. Todo lo que veía a su alrededor le parecía más interesante que seguir el camino de tierra.

Para animarlo, de vez en cuando Cale sacaba una galletita de su bolsa y conseguía que Mondragó lo siguiera sin detenerse du-

rante unos metros, pero no tardaba mucho en encontrar otro motivo para parar.

Así siguieron avanzando, paso a paso, galletita a galletita, subiendo y bajando colinas por caminos solitarios, con el sol calentando con fuerza sobre sus cabezas.

Cuando llevaban lo que parecía una eternidad, a Cale le empezó a entrar un hambre horrible. Tenía galletas de dragón y agua, pero con las prisas de la mañana se le había olvidado coger comida para él. A un lado del camino vio una higuera, y al ver los higos colgando de sus ramas, se le hizo la boca agua.

—Vamos a descansar un rato a la sombra, Mondragó. Después seguiremos —dijo.

Se acercó al árbol y se estiró para recoger los higos más maduros que colgaban de las ramas bajas. Mondragó lo miraba con mucha atención. Cale consiguió un buen puñado de higos, los puso en un montoncito en el suelo y abrió uno por la mitad, revelando su interior rojo y jugoso.

—¿Quieres? —le dijo a Mondragó acercándoselo al morro.

El dragón lo olió y...

¡ACHÚS!

Estornudó lanzando una llamarada sobre el montoncito de higos.

—¡Mondragó! ¡Mi comida! —protestó Cale, mirando los higos chamuscados. Cogió uno y quitó la parte chamuscada con el dedo—. Bueno, lo que no mata engorda —dijo, y se lo llevó a la boca—. ¡Ummm! ¡Está riquísimo! ¡Mucho mejor!

Mondragó lo miraba sin saber si había metido la pata o no, pero por si acaso, se tumbó cerca de su dueño.

Cale ya llevaba unos cuantos higos y se sentía con fuerzas para ponerse de nuevo en camino cuando divisó en el cielo tres siluetas que parecían volar en su dirección. Se quedó observándolas.

¿Quiénes serían? ¿Y por qué se dirigían hacia él?

Las siluetas se fueron haciendo más grandes hasta que finalmente fue capaz de distinguir quiénes eran. ¡No lo podía creer! ¡Sus amigos habían ido a buscarlo!

Delante iba Casi a lomos de su dragón verde, Chico. Casi, como era habitual, llevaba dos canastos atados a la espalda donde guardaba sus palomas mensajeras. Decía que no le gustaba estar incomunicado. Su dragón iba igual de cargado que él. Casi le había construido un arnés del que colgaban varias alforjas donde llevaba todo tipo de cosas que decía que siempre había que tener a mano por si algún día hacían falta: agua por si le entraba sed, frutos secos por si tenía hambre, una manta por si hacía frío, un cuaderno y un lápiz por si tenía que escribir algo o mandar un mensaje, mapas que había trazado su padre, el cartógrafo del pueblo, por si se perdía, y muchas cosas más.

Volando por encima de ellos iba la estilizada dragona Bruma, que planeaba con facilidad siguiendo las órdenes de su dueña, Mayo. La chica llevaba su gran melena negra suelta que se movía con el viento y, a pesar de ser verano, llevaba las botas de montar que nunca se quitaba.

El tercero era el loco de Arco, con su dragón Flecha, que estaba todavía más loco que su dueño. Flecha iba haciendo piruetas sobre sus amigos a toda velocidad. Arco llevaba puesto el casco de su armadura. El chico era tan bruto, hacía tantas tonterías y se había dado tantos golpes tirándose por todas partes o intentando hacer mortales en el aire con su dragón, que sus padres le habían prohibido montar sin el casco de su armadura.

Uno a uno fueron aterrizando al lado de la higuera donde se encontraban Cale y Mondragó.

—¡Por fin! ¡Llevamos horas buscándote! —dijo Casi mientras se bajaba de su dra-

gón—. ¡Felicidades! ¡Vamos, enséñanos a ese dragón!

—¡Qué pasaaaaaaaa! —gritó Arco abalanzándose con su dragón en picado hacia donde estaban, pero no calculó bien y se quedaron enganchados en las ramas de un árbol. A Arco no pareció importarle demasiado. Apartó un par de ramas, se bajó de un salto al suelo y empezó a correr con los brazos abiertos hacia Cale. Mientras tanto su dragón, Flecha, se quedó colgado entre las ramas, todavía trastornado por el aparatoso aterrizaje.

Mayo desmontó con mucho cuidado y con una orden y un gesto de la mano, le pidió a su dragona que se sentara. Esta obedeció inmediatamente.

Cale estaba feliz de ver a sus amigos. Sin embargo, Mondragó no parecía tan seguro. Escondió la cabeza detrás de la espalda de su dueño, pensando que así nadie lo vería, pero evidentemente, su inmenso cuerpo sobresalía por todos lados.

Casi, Arco y Mayo se quedaron mirando al dragón sin saber muy bien qué decir.

—Ummm —dijo por fin Casi—, pues tenían razón tus padres, grande sí es, sí señor. Nadie puede decir que este dragón no es grande… ¿Cómo se llama?

—Mondragó —contestó Cale.

—¡Ja, ja, ja! —se rió Arco—. Oye, no sé qué es peor si el nombre o el dragón.

—¡Arco! —espetó Mayo—. ¡No te pases! No podemos juzgar a los dragones por su aspecto físico. Todos tienen algo especial y seguro que Mondragó lo tendrá también. —Después se dirigió a Cale y le dio un sobre—. Felicidades, Cale, toma, es mi regalo de cumpleaños.

—¡Gracias! —dijo Cale abriendo el sobre. Dentro había un pergamino con unas palabras escritas a mano—. Es justo lo que necesito —añadió Cale—. Me parece que Mondragó no va a ser nada fácil de adiestrar.

*Vale por
diez clases de
adiestramiento.*

Mayo

—Déjamelo a mí y ya verás —dijo Mayo.

Mondragó seguía escondido detrás de su dueño, sin moverse.

—Yo también tengo algo para ti —dijo Casi. Empezó a hurgar en una de las alforjas de su dragón y sacó un bulto envuelto en papel marrón. Se lo dio a su amigo—. Toma. Esto es algo muy especial que acabo de diseñar. Son unas botandalias, y tú eres el primero en tenerlas —dijo con orgullo.

Cale abrió el paquete y vio unas botas altas de piel marrón. Se las puso y le quedaban perfectas.

—¡Gracias! Son chulísimas. ¿Cómo dices que se llaman? —preguntó.

—Botandalias —contestó su amigo. Se agachó y tiró de unas tiras de cuero que colgaban por un lado para quitar la parte de arriba de las botas y convertirlas así en unos zapatos—. ¿Ves? Ahora son zapatos. —Después tiró de otra cinta de cuero y quitó otro trozo, con lo que apenas quedaron la suela y un par de tiras por encima del pie—. Y ahora son sandalias. Son botas para todo el año.

—Guau. Cómo mola —dijo Arco acercándose a verlas—. ¡Yo también quiero unas!

—Tendrás que esperar hasta el año que viene, Arco —dijo Casi—. ¡Tu cumpleaños no es hasta enero!

—Bueno, pero me debes una —dijo Arco—. ¡Y ahora me toca a mí! —añadió. Metió la mano en el bolsillo de atrás de su pantalón y sacó un tirachinas—. Es de madera de la buena, y fíjate, le he grabado tus iniciales, **CC** —explicó orgulloso ofreciéndole el tirachinas a Cale.

—Gracias, Arco. ¡Estaba deseando tener uno! —dijo Cale. Se agachó, cogió una piedra, la puso en la tira de cuero del tirachinas y tiró hacia atrás. Apuntó a un higo que colgaba de una de las ramas del árbol y disparó. Pero la piedra del tirachinas ni siquiera pasó cerca de su objetivo—. ¡Huy! Creo que voy a tener que practicar —dijo Cale sonriendo.

¡FLOOOOOOOOP!

Arco sacó su propio tirachinas, lo cargó con una piedra y apuntó al mismo higo.

La piedra lo dio de lleno, haciéndolo caer al suelo.

—Ya te enseñaré, es más fácil de lo que parece —dijo Arco orgulloso.

Cale miró todos sus regalos: el vale de las clases, las botandalias, el tirachinas y Mondragó, que aunque tenía sus defectos, ya había decidido que no lo cambiaría por ningún otro. De momento, su cumpleaños iba muy bien.

—Bueno, ¿cómo va la gran prueba? Veo que no has llegado muy lejos —dijo Mayo mirando a Mondragó que seguía escondido—. Deberíamos ponernos en marcha cuanto antes.

—No es nada fácil avanzar con Mondragó —explicó Cale—. Se distrae con todo y para colmo Antón dijo que por ahora no podía volar y que tampoco lo debería montar. Pero espera, ¿has dicho deberíamos? —preguntó—. ¡Creo que no podéis venir conmigo! Antón dijo que…

—Sí, sí podemos —lo interrumpió Casi—. Hace mucho tiempo decidimos que queríamos acompañarte y comenzamos a estudiar todos los libros que hablan de la gran prueba buscando alguna cláusula que nos permitiera hacer el viaje contigo. Y ¿sabes qué? Que en ninguno de los libros dice que no pueden acompañar otros niños. También se lo pregunté a mi padre, que está en el Comité de Pruebas de Samaradó y me confirmó que teníamos razón. Los libros solo hablan de los adultos. ¡Así que vamos a ir contigo!

—¡Genial! —dijo Cale—. ¡Ahora sí que lo voy a conseguir! ¡Vosotros sí que sois unos buenos amigos!

En ese momento, Flecha, que seguía encaramado al árbol donde había aterrizado, decidió bajarse a estirar un poco las patas.

Al verlo, Mondragó levantó la cabeza.

—Tranquilo, Mondragó —dijo Cale pensando que su dragón estaría asustado.

Pero Mondragó no lo escuchó. Es más, ni siquiera estaba asustado. Empezó a mover su gran cola puntiaguda y salió disparado hacia Flecha que se puso en postura de alerta con el trasero levantado y las patas dobladas. En cuanto Mondragó estuvo lo suficientemente cerca, se lanzó encima de él, pero Mondragó lo esquivó con gran facilidad. Entonces empezaron a correr de un lado a otro, persiguiéndose sin parar. Cuando uno atrapaba al otro, se tiraban por el suelo y daban vueltas mordisqueándose, saltando, lanzando rugidos… ¡lo estaban pasando en grande!

—¡Mondragó! ¡Te has vuelto loco! —dijo Cale sonriendo.

Los cuatro amigos se quedaron observándolos y riéndose.

Mondragó había cambiado totalmente. Mientras jugaba con Flecha no había rastro de su torpeza anterior ni de su timidez. Era rápido y ágil, y Flecha apenas podía alcanzarlo.

Chico se acercó para jugar con ellos, pero como era tan pequeño y llevaba las alforjas en la espalda que lo impedían moverse con agilidad, Flecha y Mondragó lo saltaban por encima sin hacerle mucho caso. Aun así, Chico los seguía muy contento.

Bruma, la dragona perfecta, fue la única que no se unió al juego. Se mantuvo en el mismo lugar en que la dejó su dueña observando atentamente.

Y así estuvieron un buen rato. Mondragó y Flecha jugando, Chico corriendo detrás, Bruma observándolos y Casi, Mayo, Arco y Cale comiendo higos tostados y haciendo planes para cuando terminaran la prueba de Cale y todos tuvieran un dragón.

—Este verano tenemos que ir de acampada con los dragones —dijo Casi—. Mi padre me está haciendo una tienda de campaña nueva y podríamos pasar tres días cerca del lago. ¿Qué os parece?

—¡Perfecto! —dijo Arco—. Me llevaré mis lanzas y mis cañas, así podemos cazar y pescar para asarlo al fuego.

—Precisamente hablé con mi madre de eso y me dijo que este año por fin podría ir con vosotros —dijo Mayo—. Pero tengo que mandarle una paloma todas las noches.

—Pues llevaremos seis para que no nos falten —dijo Casi.

Cale también quería hacer planes pero sabía que si no se ponían en camino cuanto antes, jamás llegarían a la hora requerida. Estaban perdiendo demasiado tiempo.

—Tenemos que ponernos en camino —dijo Cale, poniéndose de pie.

—Tienes razón —dijo Mayo—. Vamos.

Se levantaron todos. Casi y Mayo recogieron a sus respectivos dragones y tomaron el camino polvoriento que subía la colina. Sabían que les esperaba una larga caminata si Cale no podía montar su dragón. Pero ellos no pensaban hacer que su amigo se sintiera mal y, si era necesario, irían andando con él.

Arco llamó a Flecha y este se acercó corriendo, con Mondragó pegado a sus talones.

—Oye, pues parece que Flecha va a ser mejor que las galletas para hacer que Mondragó avance. Fíjate qué rápido ha venido —dijo Cale sorprendido de lo fácil que estaba resultando que su dragón lo siguiera esta vez.

A Cale le dolían los brazos de tirar de la correa, así que decidió dejar a Mondragó suelto un rato para que pudiera seguir a Flecha. Le desabrochó la correa y se puso a andar al lado de Arco.

Cale recogía piedras para probar su tirachinas y, siguiendo las instrucciones de Arco, apuntaba a una roca o una rama y disparaba. A veces, al disparar salía algún conejo corriendo que estaba agazapado detrás de las ramas y Mondragó inmediatamente salía detrás a buscarlo, pero al minuto volvía corriendo al lado de Flecha.

—¡Este dragón tiene más energía que todos nosotros juntos! —comentó Casi.

CAPÍTULO 4

El Bosque de la Niebla

Los cuatro chicos y sus cuatro dragones subieron y bajaron colinas, atravesaron campos de cultivo y cruzaron puentes por encima de ríos caudalosos en dirección al castillo de Cale. El camino apenas estaba transitado ya que prácticamente todos los del pueblo volaban en dragón de un lado a otro. Solo los ancianos que tenían dragones muy viejos tenían que resignarse a ir caminando.

A medida que avanzaban, el cielo empezó a nublarse y el aire se volvió más fresco. Después del calor abrasador del sol que les había estado quemando la espalda, recibieron con agrado el cambio de tiempo. Cale miró hacia el cielo. Las nubes negras cada vez parecían estar más bajas y ahora les rodeaba una neblina espesa. La luz del sol no podía atravesar la niebla y parecía que se había hecho de noche, pero eso era imposible, apenas acababa de empezar la tarde.

—¿Qué está pasando? —preguntó Cale.

—Nos estamos acercando al Bosque de la Niebla —dijo Mayo tirando de las riendas de su dragona que se movía inquieta—, pero afortunadamente no vamos a tener que atravesarlo para llegar a tu castillo. ¿Ves allí, un poco más adelante? Ese camino que sale a la derecha va directo al bosque. Nosotros seguiremos por el de la izquierda.

—Y ya que estamos aquí, ¿por qué no vamos a echar un vistazo al bosque? —dijo Arco—. Todavía falta mucho para que se haga de noche.

—¡Ni hablar! —le cortó tajantemente Cale—. ¡Yo no pienso entrar ahí y mucho menos el día de mi cumpleaños!

—Cale tiene razón —dijo Casi—. Es demasiado peligroso y ni siquiera estamos preparados.

Cale sintió un escalofrío de solo pensar en acercase a aquel lugar. No le gustaba nada la idea. Desde muy pequeño había oído las historias de los árboles parlantes que hipnotizaban con sus palabras y de la tierra que engullía a cualquier persona que la pisara, así como de los laberintos de maleza de los que nadie podía salir. No, ese no era un lugar que quisiera visitar ni hoy ni nunca.

De pronto, a través de la niebla, oyeron unos ruidos.

TOC TOC TOC

¡AAUUUUH! ¡AAUUUUH!

—¿Qué ha sido eso? —preguntó Cale asustado. Buscó a Mondragó con la mirada, pero este parecía no haberlo oído. Estaba

muy ocupado olisqueando una mariquita que subía por una rama.

—Parecen gemidos —dijo Mayo.

—¡Vamos a investigar! —insistió Arco cogiendo las riendas de Flecha y dirigiéndose hacia el camino que daba al bosque.

—¡No, Arco! ¡Vuelve ahora mismo! ¡Larguémonos de aquí! —le ordenó Casi que se apoyaba en su dragón para andar y le daba golpecitos en el costado con la mano para que acelerara la marcha.

TOC TOC TOC ¡AAUUUUH!

Cale le puso la correa a Mondragó y empezó a tirar de él. El dragón no comprendía muy bien por qué se había acabado su libertad y se resistía, intentando seguir a su amigo Flecha.

—¡Vamos, Mondragó! No es momento para jugar —insistió Cale deseando salir de ahí cuanto antes.

—Dale una galletita —sugirió Mayo.

Cale se acordó de las galletas. Sacó un puñado de la bolsa y se las puso a Mondragó delante del morro.

El efecto fue inmediato, Mondragó empezó a seguir la mano de Cale sumisamente.

Arco dudó un momento. Estaba deseando tener una aventura y le hubiera gustado meterse en el bosque a ver qué pasaba, pero al ver que sus amigos se alejaban a toda velocidad, tiró de las riendas de Flecha y salió detrás del resto.

¡AAUUUUH!

¡AAUUUUH!

TOC
TOC
TOC

Los ruidos se repetían una y otra vez a lo lejos.

Cale intentaba identificarlos, pero nunca había oído algo así. No parecían gritos humanos. ¿Sería algún monstruo de los que hablaban las leyendas? ¿Sería peligroso? Aceleró la marcha, deseando alejarse de aquellos ruidos siniestros que se le metían en los oídos. Sus amigos avanzaban en silencio e incluso Mondragó parecía haberse percatado de que algo pasaba porque había dejado de tirar de la correa. Todos escuchaban, pendientes de si la cosa o el animal que gemía de esa manera fuera a aparecer entre la niebla.

Y así, sin decir ni una palabra, se alejaron a toda velocidad del camino que daba al Bosque de la Niebla.

A medida que lo dejaban atrás, el cielo se fue despejando. Las nubes desaparecieron y el sol volvió a recibirles con su calor asfixiante. El primero en hablar fue Casi.

—Nunca había estado tan cerca del bosque. ¿Qué creéis que eran esos ruidos?

—Ni idea, pero no parecía nada bueno —contestó Mayo.

—¿Se lo deberíamos decir a alguien? —preguntó Casi—. Mirad, allí a lo lejos se ve el muro de la finca del alcalde. A lo mejor podemos pasar a verlo y se lo contamos.

—¿Al alcalde? ¿Y tener que ver a su hijo, Murda? ¡Yo paso! —dijo Mayo—. Bastante lo hemos tenido que aguantar durante el curso como para tener que ir a su casa a verlo en verano.

Murda era el matón del colegio. Era un chico cruel, al que no le importaba nada ni nadie y lo único que parecía interesarle era hacer sufrir a la gente, como el día del gran diluvio, cuando ató a Nicolás Girón, el chico más tímido del colegio, a un árbol y lo dejó ahí, bajo la lluvia toda la mañana, o cuando le robó el dragón a Julia Colomar y lo hizo correr tanto y le clavó las espuelas con tanta fuerza que cuando por fin se lo devolvió, el pobre dragón tuvo que pasar una semana en la dragonería. No, Murda no era un chico normal y, cuanto menos tiempo pasaran con él, mejor. En realidad nadie quería acercarse a él. No tenía ni un solo amigo, pero todos le aguantaban sus gamberradas porque era el hijo del alcalde Wickenburg y nadie se atrevía a decirle que su hijo era lo peor que había pasado en la historia de Samaradó.

Cale recordó el año en que la Srta. Marcia llegó al colegio. A la semana de empezar, se le ocurrió castigar a Murda y le obligó a quedarse después del colegio a hacer sus deberes porque no había parado de hablar en clase y meterse con sus compañeros. Murda no se lo tomó muy bien. En cuanto la Srta. Marcia se despistó un momento, le prendió fuego a todos sus libros. Ese mismo día, la profesora fue a hablar con su padre, pero el alcalde Wickenburg no quiso ni oírla. La acusó de haber puesto en peligro la vida de su hijo y la despidió inmediatamente.

Desde entonces, Murda se sentía invencible y se había vuelto más salvaje y más perverso. La gente se limitaba a apartarse de su camino para que no la tomara con ellos.

Definitivamente no era buena idea ir al castillo del alcalde.

«Además, seguro que los ruidos son de un coyote u otro animal salvaje», intentó convencerse Cale a sí mismo.

—Entonces, ¿qué vamos a hacer? —preguntó Arco—. A lo mejor alguien necesita ayuda. Creo que deberíamos volver en cuanto completemos la prueba de Cale.

—Antes tendríamos que investigar un poco más sobre el Bosque de la Niebla. A lo mejor encontramos algún libro o alguien que nos pueda contar cosas —sugirió Casi—. Por lo que he oído, en el bosque no vive ninguna persona, pero hay especies de animales que no conoce nadie. Si queremos volver, tenemos que estar muy bien preparados.

—Cuando lleguemos a mi castillo, podemos mirar en la biblioteca de mi padre —dijo Cale—. Tiene un montón de libros muy viejos sobre Samaradó y seguro que no le importa que echemos un vistazo.

—Buena idea —dijo Mayo—, pero eso será después de comer la tarta de cumpleaños que tu madre dijo que iba a hacer. ¡Estoy muerta de hambre! ¡Venga, vamos a acelerar el paso para llegar cuanto antes!

CAPÍTULO 5

El castillo del alcalde

Un poco después, el camino se empezó a hacer mucho más rocoso y empinado. Pronto llegaron al muro de piedra que habían visto a lo lejos. De cerca, era mucho más imponente de lo que parecía. Debía de medir unos cuatro metros de altura y estaba hecho de grandes rocas grises y negras que se juntaban como un rompecabezas gigante. De vez en cuando faltaba alguna piedra en el muro y los chicos podían entrever un césped bien cortado que rodeaba un castillo majestuoso de piedras oscuras y un foso muy grande.

Era la finca del alcalde Wickenburg. La única en todo Samaradó que estaba fortificada, dejando claro a todo aquel que pasara por allí que las visitas no eran bienvenidas.

«Qué cerca vive del Bosque de la Niebla —pensó Cale—. A lo mejor por eso tiene este muro, para protegerse de los animales salvajes».

—Oye, esto de subir las cuestas a pie es agotador —las quejas de Casi interrumpieron sus pensamientos—. ¿No podemos ir volando aunque sea un rato para descansar?

—Venga, Casi, no seas tan vago —dijo Mayo—. Además, habíamos decidido que nos íbamos a quedar con Cale hasta el final, ¿no?

Cale le agradeció a su amiga que no le dejaran solo. Él también estaba cansado y quería llegar a su castillo cuanto antes. El sol empezaba a bajar en el horizonte y aunque ya estaban cerca, no debían entretenerse mucho. Además, estaban pasando justo al lado del castillo de Murda y no quería arriesgarse a que les viera. Tenían que darse prisa. Lo último que quería en ese momento era en-

contrarse con el matón y tener que soportar sus humillaciones.

Cale sujetó la correa de Mondragó por debajo del brazo, levantó el tirachinas y apuntó a un hueco que había entre las piedras del muro. Cerró un ojo y estiró hacia atrás la goma que sujetaba la pieza de cuero, listo para disparar. Pero de pronto, la piedra se movió y desapareció detrás del muro.

—¿Qué? —dijo Cale en voz alta.

—¿Qué qué? —preguntó Arco.

—¿Has visto eso? —preguntó Cale.

—¿El qué? —dijo Arco.

—Ahí, en el muro. Una de las piedras se acaba de mover —dijo Cale señalando hacia el hueco que ahora era mucho más grande.

—Sí, claro, seguro que te ha visto con ese tirachinas y se ha asustado. Se nota que no te ha visto tirar. Ja, ja, ja —bromeó Arco—. Vamos, no te pares.

—Arco, te aseguro que la he visto moverse —insistió Cale.

Arco sacó su tirachinas, lo cargó con una bellota que cogió del suelo y apuntó al lugar donde señalaba su amigo. La bellota salió disparada y se chocó contra una de las piedras del muro.

¡POP!

—¿Ves? No se mueven.

Cale siguió mirando el muro. No, no eran imaginaciones suyas. Había visto moverse una de las piedras. Quería insistir, pero sus amigos ya se habían alejado y Mondragó tiraba de él con fuerza para alcanzar a Flecha.

—¡Eh, esperadme! —gritó y salió corriendo detrás de ellos.

No le costó alcanzarlos. Siguió andando cerca de Arco, pero no le quitaba la vista al muro y cada vez que veía un sitio donde faltaba una piedra, se asomaba a ver si había algún movimiento al otro lado. Tenía la extraña sensación de que algo o alguien les observaba. ¿Sería Murda que se preparaba para hacerles alguna de sus gracias?

No volvió a ver ningún movimiento extraño. Es más, al otro lado del muro parecía reinar una paz absoluta. Allí no se movían ni las plantas con el viento.

La cuesta se hacía cada vez más empinada y a los cuatro amigos les costaba trabajo seguir manteniendo el ritmo. Arco había dejado de tirar piedras. Casi daba pasos a cámara lenta, al igual que su dragón, que con el peso del arnés y lo poco acostumbrado que estaba a andar, arrastraba las patas por la tierra con mucho esfuerzo.

Mayo era la única que no se quejaba del calor ni de la cuesta, ni decía que tenía hambre ni sed y, a pesar de que seguramente también estaba cansada, avanzaba sin entretenerse, con la dragona obediente siempre a su lado.

Mondragó y Flecha se movían con dificultad. De vez en cuando se daban un mordisco y empezaban a forcejear de nuevo, pero ya no pegaban los saltos de antes ni se perseguían por el campo.

Cale se sentía un poco culpable de que sus amigos, en lugar de estar en algún sitio pasándoselo bien, estuvieran allí, andando con él y aguantando el calor insoportable. ¿Por qué Antón no le había dado un dragón normal como a ellos? Miró a Mondragó que en ese momento perseguía a una mariposa que volaba cerca de su morro. La mariposa voló hacia arriba y Mondragó la siguió con su inmensa nariz, pero estaba tan concentrado que no vio una piedra en el camino y ¡patapán!, se tropezó y cayó encima de Flecha. Flecha dio un salto y casi tira a Arco al suelo. Realmente a Cale le iba a costar mucho trabajo conseguir que ese dragón patoso se portara como los demás. No iba a ser nada fácil.

A unos metros de donde estaban vio tres árboles con grandes ramas frondosas que daban una sombra muy tentadora. Cale no quería quedarse mucho tiempo cerca de la finca del alcalde, hubiera preferido dejarla atrás de una vez, pero el muro parecía que no se iba a acabar nunca y sabía que todos estaban agotados y necesitaban un descanso.

—Vamos a sentarnos debajo de esos árboles para recuperar fuerzas. Tenemos tiempo —sugirió mirando al sol que todavía no había bajado demasiado.

No tuvo que repetirlo. Sus amigos se dirigieron inmediatamente hacia el lugar donde había señalado. En cuanto llegaron, Casi y Mayo se sentaron a la sombra y apoyaron la espalda en los anchos troncos, Arco se tumbó directamente en el suelo, con los brazos y las piernas extendidas.

Cale soltó a Mondragó por si quería jugar con Flecha un rato, pero los dos dragones estaban demasiado agotados y se tiraron al suelo.

Cale se sentó cerca de Mayo, bebió un trago de la alforja de agua y se la pasó a su amiga, que la aceptó agradecida. Cale se secó las gotas que le caían por la barbilla y se quedó observando el muro de piedra que tenían delante. No comprendía por qué el alcalde había construido esa fortificación tan horrenda. Samaradó era un lugar muy tranquilo donde no había robos, ni asaltos, y, aparte del hijo del alcalde, no había delincuentes. La gente dejaba abiertas las puertas de sus castillos y jamás pasaba nada. ¿Por qué el alcalde había construido ese muro? ¿Por qué siempre tenía que hacer las cosas de manera diferente a los demás? ¿Y por qué nadie protestaba ni le decía nada? Cale sabía que Wickenburg era el hombre más sabio, el que conocía toda la historia de Samaradó hasta el último detalle, todas las leyes, todas las plantas y los árboles, todos los rincones, todos los nombres de los animales, insectos y otras criaturas que la mayoría de la gente desconocía, todos los avances médicos… en fin… conocía toda la información que había en los libros de todo el condado y mucho más. La biblioteca de Wickenburg decían que era la más grande del país y él, por lo visto, podía recitar de memoria tomos y tomos de las enciclopedias. Pero ¿era esa una buena razón para construir un muro tan feo? ¿Acaso él sabía algo que los demás desconocían? A lo mejor todos corrían algún peligro y no se lo había dicho a nadie.

Wickenburg también era el único del pueblo que tenía dos dragones y, por supuesto, no eran dragones normales. Eran criaturas extrañas y sigilosas que tenían unas largas colas con pinchos afilados y podían cambiar de forma y color y no se alimentaban de plantas, como el resto de los dragones, sino que eran de la única raza de dragones que comía animales vivos.

«A lo mejor por eso tiene el muro», pensó Cale, «para que sus dragones devoren tranquilamente a sus presas sin temor a que se les escapen».

Se quedó mirando una de las piedras del muro. Era gris con manchas oscuras. Al fijarse en las manchas, tuvo la sensación de que se movían. Se separaban y se juntaban con un movimiento rítmico, como si la piedra estuviera respirando. Pero eso era imposible. Las piedras no respiran. Pensó que a lo mejor tenía una insolación después de tantas horas con el sol en la cabeza y estaba empezando a ver visiones.

Cale se frotó los ojos, se echó el pelo hacia atrás con las manos y volvió a mirar.

No, no eran imaginaciones suyas. Aquella piedra se movía.

Mondragó debió leerle los pensamientos porque en ese momento se acercó al muro y lo empezó a olfatear moviendo su gran cola. Apoyó la nariz en la misma piedra que Cale estaba mirando. Después, apartó la cabeza como si algo lo hubiera sorprendido y volvió a acercarla. Con la pata, le dio un manotazo, arañándola un poco con las uñas y al hacerlo, se oyó un rugido ensordecedor que cortó el aire.

¡ROAAARRRR!

Los cuatro amigos se quedaron sin respiración.

De pronto, el muro se empezó a mover.

¡Lo que hasta ahora parecían piedras era en realidad uno de los dragones de Wickenburg camuflado! El dragón abrió la boca, soltó otro rugido y se apartó del muro, dejando un hueco que mostraba la entrada a la fortaleza.

El dragón era más imponente todavía que el muro. Abría la boca y rugía con fuerza, revelando una fila de dientes afilados que podrían desgarrar a un elefante de un solo bocado. Lanzó un par de zarpazos al aire, como si se estuviera estirando después de haber estado escondido entre las piedras del muro.

Tenía la mirada fija en Mondragó y se acercó amenazante con las babas cayéndole por la boca.

Cale, Mayo, Arco y Casi miraban la escena aterrorizados, sin poder moverse. Flecha y Chico corrieron a esconderse detrás de los árboles e incluso Bruma, por primera vez, no esperó las órdenes de su dueña y buscó refugio entre los otros dos dragones.

—¡Mondragó, ven! —consiguió por fin decir Cale—. ¡Sal de ahí!

Pero Mondragó no se movió. Seguía moviendo la cola al ver a la bestia que tenía delante.

—¡Mondragó! —insistió Cale.

¡El dragón de Wickenburg estaba a punto de atacar!

Mondragó era mucho más pequeño e indefenso. ¡Era imposible que saliera con vida de esta!

Cale iba a perder a su dragón cuando apenas llevaba unas horas con él. Estaba a punto de fracasar en su prueba y, lo que era peor, su dragón estaba apunto de acabar en las fauces de una bestia rabiosa.

En ese momento, Mondragó bajó las patas delanteras, levantó el trasero y movió la cola con más fuerza todavía. ¡Quería jugar!

El dragón salvaje dio un salto hacia Mondragó y justo cuando iba a aterrizar sobre él, Mondragó se apartó y empezó a correr a su alrededor, como había hecho hacía un rato con Flecha.

El dragón que antes era gris ahora había adquirido una tonalidad rojiza, como la de la tierra del camino. Rugió con fuerza y empezó a perseguir a Mondragó, haciendo círculos a toda velocidad, pero Mondragó era más rápido ¡y además aquel era su juego preferido!

Cuando Mondragó se cansaba de dar vueltas, salía corriendo hacia un lado, miraba al dragón como para animarle a que lo persiguiera y se quedaba parado hasta que conseguía que este fuera a buscarlo. El dragón furioso saltaba hacia él, volaba, corría, pero nunca conseguía hincarle los dientes al juguetón de Mondragó que se lo estaba pasando en grande.

Los chicos miraban la escena sin saber muy bien qué hacer. Si intervenían, aquel dragón asesino se los podría comer de un bocado, pero si no hacían nada, a lo mejor el dragón acababa haciéndole daño a Mondragó.

Cale se levantó y avanzó hacia ellos. No tenía un plan, pero no se podía quedar mirando durante más tiempo.

En ese momento, por detrás del muro se asomó la cabeza de otro dragón inmenso. Era incluso más grande que el primero. Sus ojos brillaban de furia y se acercaba sigilosamente hacia Mondragó, que estaba de espaldas distraído.

—¡Cuidado, Mondragó! —gritó Cale.

Mondragó se dio la vuelta y vio la boca abierta del segundo dragón a punto de atacar.

—¡NOOO! —gritó Arco, que también se había puesto de pie. Había cogido una piedra afilaba y apuntaba con su tirachinas al dragón. Sabía muy bien que aquella piedrecita solo le haría cosquillas, pero era lo único que tenía.

No le dio tiempo a usarla. Mondragó, al verse rodeado por los dos dragones rabiosos, se agachó y salió corriendo a toda velocidad por el camino que llevaba al castillo. Los dragones no tardaron ni un segundo en salir detrás de él. En unos instantes, los tres dragones habían cruzado el puente que atravesaba el foso y se dirigían directos a la entrada principal del castillo que estaba abierta de par en par.

—¡Mondragó, vuelve! —gritó Cale alarmado. Pero era inútil. Estaba demasiado lejos para oírle—. ¡Mondragó!

—¡Tenemos que ir a buscarlo! —dijo Mayo, que se había puesto de pie y ahora estaba al lado de Arco y Cale.

—¿Y qué podemos hacer nosotros contra esas fieras? —preguntó Casi acercándose a ellos.

Cale observó aterrado cómo Mondragó y los dos dragones llegaban a los grandes portones y se metían dentro del castillo.

Ahora sí que no podría escapar de sus garras.

En el castillo, los dos dragones del alcalde lo atraparían fácilmente. Mondragó no iba a poder esconderse en ningún sitio y no tendría manera de salir de allí. Él mismo se había metido en la boca del lobo.

¡Las cosas no podían ir peor!

—Debemos intentar ayudarlo —dijo Cale armándose de valor—. Vamos.

CAPÍTULO 6

¡Murda!

Cale nunca se había enfrentado a dragones agresivos y él y sus amigos ni siquiera tenían armas, salvo dos pequeños tirachinas, pero sabía que tenían que intentarlo. Se sentía culpable. Si él no le hubiera soltado la correa, Mondragó jamás se habría acercado al muro. Tenía que haberlo atado a un árbol. Tenía que haberlo vigilado más de cerca. Tenía que… era demasiado tarde para pensar en lo que tenía que haber hecho. Lo importante era lo que iba a hacer ahora para solucionarlo. Nunca se perdonaría si a Mondragó le pasaba algo. Estudió con atención el foso y la puerta del castillo y después se dirigió a sus amigos:

—Tenemos que ir con mucho cuidado. No me gusta nada ese foso, debe de estar lleno de cocodrilos o serpientes. —Atravesó el muro—. A lo mejor podemos gritar cuando estemos más cerca y llamar al alcalde. Si está en su castillo, seguramente nos ayudará. No va a dejar que sus dragones le hagan daño a Mondragó. Y quién sabe, a lo mejor Murda ni siquiera está.

—Sí, y seguro de que las vacas vuelan y los cerdos hablan, no te fastidia —se burló Arco que iba detrás de él.

—Bueno, dejémonos de palabras y pongámonos en movimiento. Ya se nos ocurrirá algo cuando estemos ahí dentro —dijo Cale.

Los chicos pasaron al otro lado del muro con sus dragones, pero justo cuando entraron en la finca, la silueta de otro dragón se dibujó en el cielo. No tenían ni idea de dónde había salido, pero se acercaba volando en dirección a ellos a toda velocidad como si fuera un proyectil. El jinete llevaba una cadena de hierro con una bola con pinchos y la movía en círculos en el aire mientras le clavaba los talones a su dragón para que volara más rápido.

¡Era Murda!

¡Se lanzaba hacia ellos en un vuelo frenético a lomos de su dragón Bronco!

—Lo que faltaba —se quejó Arco.

Murda hizo que Bronco aterrizara delante de ellos, levantando una gran polvareda de tierra. Soltó las riendas que llevaba en una mano y se apeó sin dejar de mover la cadena.

Llevaba los escarpines negros de su armadura con unas espuelas tan afiladas que le habían producido a Bronco unas heridas por las que le salía sangre. De su cincho colgaban más cadenas y una funda con un cuchillo muy largo. Vestía un chaleco de cota de malla y una capa larga de tela de arpillera atada al cuello con un nudo que le colgaba por la espalda.

Los cuatro chicos retrocedieron unos pasos.

—Bueno, bueno, bueno —dijo Murda, acercándose lentamente a los chicos—, parece que tenemos visita, ¿o debería decir intrusos?

Mientras Murda atemorizaba a los chicos, su dragón Bronco se arrastró por el suelo como una serpiente venenosa hacia Chico, Flecha y Bruma y les lanzó una llamarada por la nariz. Los tres dragones se dieron media vuelta muertos de miedo y salieron pitando a su escondite de antes, detrás de los árboles.

Cale, Mayo, Casi y Arco no se movieron. Sabían que era inútil correr, y dijeran lo que dijeran, ahora estaban en manos de Murda. Él sería quien decidiría si les dejaba ir o si antes se divertía haciéndoles sufrir.

—No recuerdo haber enviado ninguna invitación —continuó Murda—, y no me gustan los intrusos que se presentan así sin avisar.

—Es que… —empezó a decir Cale con voz temblorosa.

—¿Es que qué, enano repugnante? ¿Es que quieres que te deje los pies planos para siempre, estúpido? —espetó Murda dejando caer la bola de hierro a unos centímetros de los dedos de los pies de Cale que asomaban entre las tiras de sus botandalias.

Cale dio un salto hacia atrás, pero Murda se acercó más a él, hasta que quedaron frente a frente.

—¿Quieres que te haga pedazos por colarte en mi propiedad? —amenazó Murda.

Cale notó que le temblaba todo el cuerpo. Quería decir algo, pero las palabras no le salían de la garganta. Además, ¿qué podía decir que hiciera que Murda lo dejara tranquilo?

Mayo salió en su ayuda. Se acercó a Murda y le dijo:

—Es que el dragón de Cale se ha metido en tu castillo. Solo queremos entrar a recuperarlo y nos vamos.

—¿El dragón de Cale? ¡Ja, ja, ja, ja! ¿Y qué dragón es ese? ¿Uno de madera? —se burló Murda.

—No, tiene un dragón de verdad —explicó Mayo—. Hoy cumple once años y Antón le ha asignado su dragón. No queremos molestar. En cuanto lo recuperemos, nos vamos y te dejamos tranquilo.

—¿Y por qué iba a dejaros pasar? Ese dragón se ha metido en mi finca, ahora es de mi propiedad y, ahora que lo pienso, me viene muy bien para dar de cenar a los dragones de mi padre —dijo Murda.

—¡No! —gritó Casi—. ¡No te lo puedes quedar! ¡No tienes ningún derecho!

—¿Ah, no? ¿Y quién me lo va a impedir? ¿Tú, rata asquerosa? —contestó Murda, acercándose a Casi y moviendo la cadena.

Al llegar a su lado, le pegó un empujón y lo tiró al suelo. Casi no tuvo tiempo de reaccionar y al caer, uno de los canastos que llevaba a la espalda se abrió y la paloma que guardaba dentro salió volando asustada.

—¡Mira lo que has hecho! —gritó Casi enfadado viendo cómo su paloma se alejaba en la distancia.

—¡Ja, ja, ja! —se mofó Murda—. ¡Huy! ¡Mira! ¡Se fue volando! ¿Ahora cómo vas a avisar a tu mamá para que venga a cambiarte los pañales?

Casi comprobó que el otro canasto estaba bien y miró a Murda con cara de odio. ¡Cómo aborrecía a aquel chico! ¡Él sí que tenía cara de rata! ¡Cómo le gustaría levantarse y hacerle tragar la bola esa! Pero Casi no era de los que se pegaba con nadie y no iba a empezar ahora.

—Murda, sabes que no hemos venido en busca de pelea —insistió Mayo—. Por favor…

Mayo sabía que Murda quería pelea y que le gustaba demostrar lo fuerte que era, el poder que tenía y a la más mínima provocación, poder utilizar sus armas. Pero ella y sus amigos no pensaban darle ese placer.

Mientras Mayo intentaba convencerlo de que les dejara tranquilos, Cale miraba desesperadamente hacia la puerta del castillo. No veía movimiento, ni se oían rugidos, ni ninguna señal de los dragones.

«Vuelve, Mondragó, por favor», pensaba.

Y, de pronto, como si le hubiera leído los pensamientos, apareció por la puerta Mondragó. El dragón miró hacia un lado y otro, después miró hacia atrás y empezó su carrera de regreso por el camino que cruzaba el foso. A los pocos segundos, salieron los otros dos dragones asesinos que una vez más corrieron a darle caza, abriendo y cerrando la boca. ¡No lo habían atrapado! ¡Mondragó seguía con vida!

—¡Ahí está! —gritó Cale emocionado.

Murda dio media vuelta y se quedó mirando a Mondragó que se acercaba a ellos, con los dos dragones pegados a su cola.

Murda se alejó de Casi, dio unos pasos hasta quedarse en mitad del camino y empezó a hacer girar la cadena por encima de la cabeza, como si se la fuera a lanzar a Mondragó en cuanto se pusiera a tiro.

¡Mondragó estaba rodeado! Si se detenía, los dragones del alcalde lo atraparían, pero si seguía por el camino, Murda le lanzaría la bola de hierro.

A Mondragó no parecía impresionarle la presencia de Murda. Siguió corriendo en dirección al chico.

Cuando estaba a pocos metros, Murda lanzó con fuerza la bola de hierro, que salió dando vueltas con la cadena por detrás.

Mondragó la vio venir y, en el último segundo, se echó hacia un lado y la esquivó. La bola fue a parar a la cabeza de uno de los dragones del alcalde. El animal soltó un rugido rabioso.

¡PAF!

¡ROAAARRRR!

—¡Toma ya! —gritó Arco emocionado.

Sobresaltado por el rugido, Mondragó miró hacia atrás, pero al hacerlo, perdió el equilibrio y salió rodando hasta caer de narices a unos centímetros de los pies de Murda. El otro dragón que venía detrás, al darse cuenta de que tenía delante al hijo de su dueño, frenó en seco y se quedó a unos metros del chico, mostrando sus dientes afilados y rugiendo, con la respiración entrecortada.

—¡JA JA JA JA! —se rió Murda señalando a Mondragó que seguía en el suelo—. ¿A esto lo llamas tú un dragón? ¡Vaya bola de carne inútil! Mira qué cara de bobo tiene.

Murda estiró una mano para darle un manotazo a Mondragó en el morro, pero eso provocó que el dragón echara la cabeza hacia atrás, apretara la boca con fuerza y...

¡ACHÚS!

Mondragó estornudó encima de Murda, soltando una gran llamarada por la nariz.

Murda intentó apartarse, pero las llamas incendiaron su capa que empezó a arder como si fuera paja.

—¡AAAHHH! ¡Me quemó! ¡AAAHHH!

Murda corría dando vueltas e intentando apagar las llamas.

—¡Al foso! —dijo Cale—. ¡Tírate al foso!

Murda debió de escucharlo porque salió disparado hacia el foso, dando alaridos.

—¡AAAAAAAAAAAHHHHH!

Bronco, al oír los gritos de su dueño, dejó de aterrorizar a Flecha, Chico y Bruma y salió volando detrás de Murda, que parecía una antorcha viviente. Los dragones del alcalde también lo siguieron, seguramente para ver a un humano que, al igual que ellos, echaba fuego, más que por intentar ayudarlo.

Al llegar al foso, Murda se lanzó al agua sin pensarlo dos veces.

Los dragones se quedaron al borde esperando a que saliera a la superficie.

En esos instantes de expectativa y silencio, Mayo fue la primera en reaccionar.

—¡Vámonos! ¡Rápido! ¡Antes de que le dé tiempo a volver!

—Pero, ¿no deberíamos comprobar que está bien? —preguntó Casi.

—Solo se le ha quemado la capa —dijo Mayo—. ¡Y además, sabe nadar!

Efectivamente, nada más decir eso, la cabeza de Murda salió de nuevo a la superficie. El chico tomó aire con fuerza y se acercó nadando hasta la pared que bordeaba el foso. Estiró la mano para intentar salir, pero la pared era demasiado lisa y resbaladiza y estaba demasiado alta como para agarrarse a algo y poder subir.

—¡Ayúdame, Bronco! —le ordenó a su dragón.

Pero Bronco no se movió. Lo miraba desde arriba, a una distancia prudencial del agua.

—¡Bronco! —repitió Murda dando un manotazo en el agua con rabia—. ¡El agua no te va a hacer nada! ¡Venga! ¡Ayúdame a salir de aquí o te convertiré en hamburguesas!

Bronco lo observaba con atención, pero siguió donde estaba, sin ninguna intención de acercarse ni un centímetro más a esas aguas turbias. Los otros dos dragones tampoco se movieron y Murda cada vez estaba más furioso y desesperado.

—¡Venga, vámonos! —insistió Mayo—. Ya veis que está bien. Tenemos que irnos de aquí antes de que consiga salir del agua. ¡No podemos perder más tiempo!

—Tienes razón —dijo Cale—. Vamos, Mondragó—. Le puso la correa a su dragón y lo llevó hacia el muro. Esta vez Mondragó no ofreció ninguna resistencia.

Desde el agua, Murda vio que los chicos se iban y empezó a gritar.

—¡Cale Carmona, esta me la vas a pagar! —amenazó—. ¡Pienso acabar contigo, con todos tus amigos y con ese esperpento de dragón que tienes!

Cale tragó saliva. No le gustaba la idea de estar en la lista negra de Murda. Hasta ese día había conseguido pasar desapercibido y que no la tomara con él, pero sus días de tranquilidad habían llegado a su fin. Sabía que Murda no lo dejaría en paz.

«Bueno, ya me preocuparé de eso más tarde», pensó. «Ahora tengo que llegar a mi castillo». Miró hacia el camino que se alejaba de la fortaleza del alcalde y decidió no volver a mirar hacia atrás hasta finalizar su prueba.

Bajaron la colina rocosa y llegaron a una pradera muy ancha, bordeada de manzanos repletos de frutas. En cualquier otra ocasión se habrían detenido a comer manzanas, pero no podían entretenerse ni un minuto más. Habían perdido demasiado tiempo y el sol ya empezaba a estar muy bajo en el horizonte.

CAPÍTULO 7

La huida

Cale tiraba de la correa de Mondragó y este avanzaba tranquilamente, con la cabeza muy alta y la boca bien cerrada, como si quisiera evitar cualquier otro estornudo inoportuno. Parecía como si supiera que les había metido a todos en un buen lío y obedecía sin rechistar.

—¿Crees que Murda va a venir a buscarnos en cuanto salga del agua? —preguntó Arco.

—No lo dudes —dijo Casi—. Murda nunca olvida. Pero no le va a resultar tan fácil salir de ahí. Me estuve fijando en ese foso y no hay manera de salir de él. Si su padre no está en el castillo, va a tener que esperar a que llegue y, para entonces, ya estaremos muy lejos.

—Espero que tengas razón —dijo Arco sacando una vez más el tirachinas de su bolsillo de atrás y volviendo a cargarlo con una piedra del camino.

Llegaron a una bifurcación del camino.

—Por la derecha —dijo Arco.

—No, es por la izquierda —dijo Mayo.

—No, es por la derecha —insistió Arco.

—Déjame consultar mis mapas —dijo Casi, acercándose a las alforjas de Chico y rebuscando hasta encontrar los mapas.

Mientras sus amigos decidían por dónde había que seguir, Cale se quedó pensando en lo que había pasado. Estaba preocupado. No solo había puesto en peligro la vida de su dragón, sino que además había hecho que sus mejores amigos estuvieran en la lista negra de Murda. ¿Cómo iba a hacer para arreglarlo? Murda no era un chico con el que se pudiera razonar. Pensó en pedir ayuda a sus padres, pero ellos jamás se enfrentarían al hijo del alcalde. Menudo lío.

Este cumpleaños no era ni mucho menos lo que él había esperado. Tenía un dragón que sólo quería jugar, al matón del pueblo detrás de ellos y apenas le quedaban unas pocas horas para llegar al castillo y poder terminar su prueba.

Miró a Mondragó y pensó que estaría cansado y hambriento. Metió la mano en la bolsita de las galletas y sacó una. Se la ofreció a su dragón, pero este levantó la cabeza y apretó la boca.

—¿No quieres una? —preguntó Cale—. ¿Estás enfadado?

Mondragó no bajó la cabeza.

De pronto, a Cale le pareció oír una vocecita apagada que salía de la boca de Mondragó.

—¿Qué es eso? —preguntó—. ¿Qué es ese ruido?

Estiró la mano para intentar abrirle la boca al dragón, pero Mondragó apartó el morro.

Oyó el ruido otra vez. Esta vez estaba seguro de que era una voz y le pareció entender lo que decía.

«¡Suéltame, animal, o lo pasarás mal!».

—¿Qué tienes en la boca? —preguntó Cale—. ¡Venga, ábrela!

Cale forcejeó con Mondragó, pero este se negaba a revelar lo que escondía en la boca.

Mayo se acercó a ver qué pasaba.

—¿Qué ocurre? —preguntó.

—Creo que Mondragó tiene algo en la boca —dijo Cale—, pero no me deja verlo.

Se volvieron a oír ruidos.

«¡Ummmm ummmmm!».

Mayo se acercó a Mondragó, pero el dragón tozudo apretó la boca con fuerza y levantó el morro.

—Vamos a hacerle cosquillas —dijo Mayo, así que se fue hasta la barriga de Mondragó y empezó a rascarle con las dos manos—. Esto nunca falla.

Al principio, Mondragó intentó quedarse inmóvil, pero a medida que Mayo seguía rascándole, empezó a moverse inquieto.

—Ayúdame —le dijo Mayo a Cale.

Cale se puso por el otro lado de Mondragó e hizo lo mismo que su amiga.

Mondragó ya no podía más. Movía las patas, agitaba la cola, subía y bajaba el cuello. ¡Tenía muchísimas cosquillas!

Por fin abrió la boca y, al hacerlo, algo cayó al suelo.

—¡Mira! —dijo Cale—. ¡Se le ha caído algo de la boca!

Cale se acercó a ver qué era. Se arrodilló en el suelo y lo observó con atención. No parecía una persona ni un animal. Era cuadrado y estaba cubierto de babas.

—¡Es un libro! —exclamó Cale.

Se agachó para cogerlo y le sorprendió lo caliente que estaba. Era como si acabara de salir del horno. ¿Estaría la boca de Mondragó tan caliente por dentro? El libro tenía las tapas de cuero marrón y unas letras grabadas en la portada, pero estaban llenas de babas y no se podían leer bien. Cale las limpió con cuidado con la punta de su camisa. Las letras doradas empezaron a brillar y mostraron una palabra: **RÍDEL**. No se veía ningún otro nombre ni dibujos ni nada más.

Cale estaba un poco extrañado. Miró a su dragón que observaba el libro con atención. Mondragó ahora tenía la boca abierta. Cale se acercó y miró dentro, pero no había nada más.

«Qué raro», pensó. «Juraría que había oído voces».

Después examinó de nuevo el libro.

Mayo miró por encima de su hombro.

—¿Rídel? —dijo—. No me suena de nada.

—A mí tampoco —dijo Cale.

—¿Qué es eso? —preguntó Casi que estaba guardando los mapas. Él y Arco ya sabían qué camino debían seguir.

—Mondragó tenía este libro en la boca —explicó Cale, enseñándoselo—. Se titula Rídel.

—¿De qué va? —preguntó Arco acercándose al grupo.

—Ni idea —dijo Cale—. Vamos a verlo. —Abrió el libro con mucho cuidado. Las páginas estaban un poco húmedas y no quería romperlas—. Qué raro. Está totalmente en blanco.

Pasó varias páginas, pero todas estaban vacías. ¿Se habrían borrado las letras con las babas de Mondragó? No, eso era muy poco probable. Si fuera así, habría quedado algo, una coma, un párrafo, un acento, ¡algo! Pero ese libro no tenía absolutamente nada. A lo mejor era un diario o un cuaderno de dibujo. A lo mejor pertenecía al tal Rídel. A lo mejor…

—Bueno, pues si no hay nada, mejor nos ponemos en camino —dijo Mayo impaciente—. ¡Mirad, ya está saliendo la luna!

Cale miró hacia las colinas y efectivamente, allí estaba la luna llena asomándose por encima de los árboles. ¡Se le estaba acabando el tiempo! ¡Tenían que salir cuanto antes!

—¡Sí, vamos! —dijo. Abrió el saco que tenía atado a la espalda y metió el libro dentro. Al dejarlo caer le pareció oír un «¡Ay!», pero decidió ignorarlo.

«Debo de estar demasiado cansado», pensó, «y oigo tonterías. Ya lo miraré esta noche cuando por fin esté en la cama. Ahora tengo que llegar al castillo cuanto antes».

—Es por la izquierda —dijo Arco.

—Vaya, así que yo tenía razón, ¿no, Arco? —dijo Mayo.

—En realidad por la derecha también se puede ir, pero el camino es más difícil y pensé que no podrías seguirnos —le dijo Arco a Mayo tratando de provocarla.

—¿Ah, sí? —dijo Mayo quitándole a Arco el tirachinas del bolsillo—. ¡A ver si eres capaz de seguirme tú a mí! —dijo y salió corriendo.

Arco la siguió, pero Mayo era muy rápida. Se metía entre los árboles, dejaba que Arco se acercara un poco y, cuando menos lo esperaba, daba un giro y lo dejaba atrás.

—Dámelo —gritaba Arco.

—Ven a buscarlo —le contestaba Mayo.

Arco se cansó de correr. De repente puso cara de estar tramando algo. Se acercó al dragón de Mayo y miró a su dueña por el rabillo del ojo.

—Vamos a ver, Brumita —dijo con voz socarrona—, ¿qué te parecería ir a dar un paseo con tu buen amigo Arco?

—¡Arco, ni se te ocurra! —gritó Mayo corriendo hacia él.

Cuando estaba a punto de agarrarlo, Arco salió corriendo y Mayo fue detrás de él. Se habían intercambiado los papeles.

Cale miraba a sus amigos y se reía.

«Bueno, por lo menos se lo están pasando bien», pensó. Seguía sintiéndose responsable por todos los peligros a los que les estaba exponiendo y verlos jugar y divertirse le consolaba un poco.

CAPÍTULO 8

Un último esfuerzo

Entre risas, carreras y bromas iban avanzando a buena marcha. Con el sol ya a punto de esconderse entre las copas de los árboles, el calor se había hecho más tolerable.

Decidieron no volver a pararse. Tenían hambre y estaban agotados, pero preferían hacer un último esfuerzo para llegar cuanto antes y poder estar bajo techo, entre las frescas paredes del castillo de Cale, con una buena comida y sin tener que estar pendientes de que Murda apareciera volando en cualquier momento.

La idea de comer las deliciosas tartas que preparaba su madre le dio a Cale fuerzas para continuar. Se preguntó qué estarían haciendo sus padres en esos momentos. ¿Estarían preocupados por él? Cale recordó el día que su hermana llevó a su dragona a casa. Sus padres tenían preparada una buena merienda y habían invitado a todas sus amigas a celebrarlo. Nerea realizó la prueba en poquísimo tiempo y durante días, sus padres no hicieron más que presumir delante de todo el mundo de que su hija había conseguido terminar antes que nadie. ¿Qué pasaría si Cale fracasaba? ¿Se avergonzarían de su hijo? ¿Se sentirían decepcionados?

Cale miró a la luna que ahora brillaba con fuerza. Las sombras que se dibujaban en su superficie hacían que pareciera una cara, con boca, ojos y nariz. Una cara que miraba con preocupación mientras ascendía sin detenerse por el cielo hacia su punto álgido.

«¡No corras!», pensó Cale. «Espera un poco que ya estamos muy cerca».

Efectivamente, estaban llegando a la zona más habitada del pueblo, donde las colinas

eran más bajas y había más castillos. En el cielo se podía ver mucho más tráfico de dragones que llevaban a sus dueños de un lugar a otro. A Cale le pareció reconocer a los gemelos Nero y Godo con sus dragones idénticos, y al Sr. Longorio, el de la tienda de armaduras, que volaba en su dragón de dos colas y llevaba un gran saco lleno de cosas. De momento no había ni rastro de Murda y esperaba que siguiera así.

Cale miró hacia el horizonte. A lo lejos se veía el gran puente de piedra que daba a la colina de su castillo. ¡Un poco más y llegarían!

Cerca del puente divisó dos dragones muy gordos con sus respectivos dueños, que parecían tan orondos como sus propios dragones.

Los cuatro eran inconfundibles.

—Casi —dijo Cale—, ¿no son esos tus padres?

—¡Anda, sí! —dijo Casi entrecerrando los ojos para poder ver mejor—. ¿Qué harán ahí?

—Parece que están mirando unos papeles —dijo Arco.

El padre de Casi sujetaba entre las manos un gran pliego de papel. Debía de ser uno de los mapas que él mismo había trazado. A pesar de ser el cartógrafo del pueblo y de haber recorrido todos los rincones de Samaradó para dibujar sus valiosos mapas, el hombre siempre se perdía y, con frecuencia él y su mujer tenían que interrumpir sus trayectos para bajar a tierra y consultar los mapas.

—¡Papá! ¡Mamá! —gritó Casi con las manos alrededor de la boca a modo de altavoz—. ¡Hola!

Los padres de Casi levantaron la vista del mapa y al ver a su hijo, empezaron a saludar efusivamente.

—¡Pablo! —gritaron—. ¿Estás bien?

Cale sabía perfectamente que su amigo se llamaba Pablo y no Casi, pero aun así, siempre le resultaba extraño cuando alguien lo llamaba por su verdadero nombre.

—¡Ah! Ya sé qué hacen ahí —dijo Casi—. Seguro que mi paloma llegó volando a casa y al ver que no llevaba un mensaje se preocuparon y decidieron salir a buscarme. —Casi les devolvió el saludo—. ¡Sí! ¡Estamos bien!

De pronto, a medida que se acercaban, Cale recordó las palabras de Antón: «Debes emprender el regreso a tu castillo sin la compañía ni la protección de ningún adulto». Si saludaba a los padres de Casi, seguro que querrían acompañarlos o indicarles un mejor camino. No podía acercarse a ellos.

—¡Espera! —gritó Cale alarmado—. ¡Tengo que irme!

—¿Por qué? —preguntó Casi extrañado por la repentina reacción de su amigo.

—Si tus padres se quedan con nosotros no pasaré la prueba —explicó Cale—. No puedo arriesgarme. No debo dejar que ningún adulto me acompañe o me ayude.

—¡Tienes razón! —dijo Arco—. ¡Corre, ve por ahí, que nosotros los distraemos!

A Arco la idea de despistar a los padres de Casi le parecía de lo más atractiva.

—Vale, no te preocupes —dijo Casi—. Mis padres comprenderán. ¡No pierdas más tiempo! ¡Nos vemos en el castillo!

Cale tiró de la correa de Mondragó y este lo miró extrañado. No entendía por qué tenían que separarse del grupo. El dragón se resistió e intentó seguir al resto, que ya iba en dirección al puente.

—Vamos, Mondragó —insistió Cale—. Por aquí.

Mondragó tiró un poco más, no quería ir por donde le decía su dueño, pero al ver que Cale metía la mano en la bolsa de las galletas, salió trotando hacia él.

Cale y Mondragó salieron del camino y se dirigieron hacia unas rocas que bordeaban el río.

El chico vio cómo sus amigos se montaban en sus dragones y se acercaban a saludar a los padres de Casi. Por lo menos ellos ya no tenían que andar más. Sin embargo, a él todavía le quedaba un buen tramo por recorrer y le dolían las piernas y los pies y estaba deseando tumbarse a descansar. Si tan solo Mondragó pudiera volar... Observó las alitas de su dragón. Realmente eran ridículas para su tamaño. Si no le crecían mucho más, no iba a levantar el vuelo jamás.

—Oye, Mondragó —dijo en voz alta—. Vamos a tener que meternos en el agua para cruzar el río. No te da miedo el agua, ¿verdad?

Mondragó lo miraba intentando descifrar lo que decía su dueño y le dio un golpecito en la mano para que le diera más galletas.

Cale metió la mano en la bolsa y sacó un buen puñado. No sabía si al dragón le gustaría nadar o no, pero quería estar preparado por si había que convencerlo.

Al llegar a la orilla del río, Cale observó la corriente de agua que pasaba a toda velocidad. En medio del río había unas rocas que sobresalían del agua. Estaban bastante separadas entre sí, pero Cale estaba convencido de que con un par de buenos saltos podría llegar a la otra orilla sin mojarse. No le apetecía nada meterse en el agua y eso podría funcionar. Pero para conseguirlo tenía que llevar muy poco peso.

Se quitó el saco que llevaba a la espalda y miró su contenido: las piezas de las botandalias, el silbato que todavía no había probado y el libro misterioso. Se desató el cincho con la bolsita de las galletas y lo metió en el saco, junto con la alforja del agua. Después se puso de pie, hizo girar el saco en el aire un par de veces y lo lanzó con fuerza hasta el otro lado del río.

¡PLOP!

—¡AAAAAAAAY!

A Cale le pareció oír un grito, pero en la otra orilla no se veía nada ni nadie, solo la bolsa que había caído en un claro de hierba.

«Qué raro», pensó. Después se giró hacia su dragón.

—Bueno, Mondragó, ahora nos toca a nosotros —dijo.

Cale empezó a bajar por la orilla del río para poder llegar a la primera piedra, desde donde tendría que dar un buen salto para conseguir aterrizar en la segunda. Mondragó lo miraba con atención.

—Vamos, muchacho —le animó Cale—, ven por aquí. Tú seguramente no tendrás ni que saltar.

Mondragó dio un paso.

—Muy bien —dijo Cale sorprendido de que al dragón no lo molestara el agua—. Venga, déjame saltar y después vienes tú.

Cale tomó impulso, dio una gran zancada y aterrizó en una de las rocas que había en mitad del río, pero tuvo la mala suerte de que la roca estaba cubierta de musgo. En cuanto su pie tocó la superficie verdosa, se resbaló y cayó al agua, dándose un buen golpe en el trasero.

—¡NOOOOO! —gritó, todavía agarrado a la correa de su dragón—. ¡NOOOOO!

Mondragó bajó el cuello al notar el tirón de la correa y el peso de su dueño que tiraba de él hacia el río, pero no se movió. Se quedó en la orilla, aguantando la carga.

—Ayúdame, Mondragó —gritó Cale. Se sujetaba con fuerza a la cuerda para que no lo llevara el agua, pero le dolían las manos y la corriente era muy fuerte. No podría aguantar mucho más—. ¡Tira, Mondragó, tira!

Pero el dragón no hizo nada. Seguía observando a Cale confundido.

Cale notó que se le resbalaban las manos. Ya no podía más. La correa se le escapó de los dedos y salió río abajo, golpeándose la espalda con las rocas.

—¡AAAAAAAAY! —gritó.

Mondragó miraba a su dueño hasta que por fin, como si hubiera despertado de una sesión de hipnotismo, ¡reaccionó!

Metió sus inmensas patas en el agua y con dos grandes zancadas se puso delante de Cale y lo atrapó entre sus patas, evitando que siguiera bajando por el río. Después bajó la cabeza y con mucha delicadeza agarró al chico por la camisa y lo levantó en el aire.

—¡Aaahhh! —dijo Cale impresionado—. ¡Sácame de aquí, por favor!

Entonces Mondragó empezó a cruzar el río tranquilamente con Cale colgando de su boca. Cruzó la corriente sin dificultad hasta salir del río y siguió caminando co-

lina arriba, llevando a su dueño con paso decidido. Al llegar a un claro de hierba, puso al chico con mucha delicadeza en el suelo. Después se dio media vuelta y fue a recoger la bolsa que estaba cerca de la orilla.

Cale se quedó tumbado en el suelo intentando recuperar la respiración. Le dolía la espalda de los golpes que se había dado con las rocas. Estaba totalmente empapado y el corazón le seguía latiendo a mil por hora del susto.

Observó cómo su dragón volvía con la bolsa en la boca y la dejaba a su lado. Cale hizo un gran esfuerzo, puso las manos en el suelo y poco a poco se puso de pie. Avanzó hacia el dragón que seguía mirándolo y lo abrazó.

—Gracias, Mondragó —dijo—. Me has salvado la vida.

Mondragó no se movió. No se alejó. No estornudó. Se quedó inmóvil mientras el chico lo rodeaba con sus brazos.

—Desde luego, eres mucho más listo de lo que pensaba —le dijo Cale a Mondragó cuando consiguió recuperar la calma—. ¡Y no te da miedo el agua!

Antón tenía razón. Mondragó era un animal excepcional. Cale se arrepintió de todas las veces que había dudado de él, de todas las veces en que deseó que le hubieran asignado otro dragón. A lo mejor no podía volar, a lo mejor se distraía con cualquier mosca al pasar, pero a la hora de la verdad, cuando más lo había necesitado, Mondragó estuvo allí para ayudarlo. Su dragón lo había rescatado y lo había llevado a un lugar seguro.

Cale se sentía realmente orgulloso de él.

Abrió la bolsa, sacó un buen puñado de galletas y se las dio a su dragón como recompensa por su gran hazaña.

—Toma —dijo—. ¡Te las mereces!

Después miró hacia la cima de la colina que tenían delante y en su cara se dibujó una sonrisa de oreja a oreja. ¡Ya podía ver su castillo! ¡Lo iban a conseguir!

La luna seguía subiendo, pero ya estaban muy cerca y tenían tiempo de sobra para llegar. Sin prisas. Sin sobresaltos. Sin ríos. Solos. Él y su dragón.

Se volvió a echar el saco a la espalda, cogió una vez más la correa de Mondragó y juntos emprendieron la subida de la última colina.

CAPÍTULO 9

Prueba superada

El resto del camino lo hicieron sin ningún contratiempo. Cale subía lentamente por la hierba mientras Mondragó lo seguía de cerca, rebuscando con la nariz en la bolsa para ver si conseguía alguna otra galleta.

Por fin se encontraron frente al castillo de la familia Carmona. Sus grandes puertas de madera les esperaban medio abiertas, invitándoles a pasar y disfrutar de un merecido descanso. A la derecha del castillo se veían las dragoneras, donde vivían los dragones que eran demasiado grandes como para entrar en el castillo. Cale vio a Karma y Kudo, sentados uno al lado del otro. Junto a ellos también estaban los rechonchos dragones de los padres de Casi, y un dragón más, un ejemplar de dos cabezas que Cale no había visto antes.

«¿De quién será?», se preguntó. «A lo mejor mis padres han invitado a alguien más». Después se giró hacia su propio dragón que observaba todo con mucha curiosidad.

—Ya hemos llegado, Mondragó. ¡Lo hemos conseguido! —dijo Cale—. A partir de ahora, este será tu nuevo hogar.

Cale echó un último vistazo al cielo. La luna les miraba desde lo alto, pero ni siquiera había llegado a su punto álgido. Les habían sobrado unas horas. ¿Eran imaginaciones suyas o parecía que en la cara blanca de la luna se esbozaba una ligera sonrisa? Cale sonrió de vuelta.

Después, empujó la pesada puerta de madera, haciéndola rechinar, y dio unos pasos para entrar en el fresco castillo.

Mondragó no lo siguió. No estaba muy seguro de si quería entrar ahí dentro.

—Vamos, muchacho —dijo Cale acariciándole el morro—. Ya verás cómo te va a gustar. —Metió la mano en la bolsa y le dio las últimas galletitas que le quedaban.

Mondragó se acercó a comérselas, pero miraba inquieto y con recelo a las paredes de piedra y al interior del castillo. Aun así no ofreció demasiada resistencia y siguió a Cale sumisamente.

En cuanto cruzaron las puertas se oyó la voz de la madre de Cale:

—¡Ya están aquí! ¡Ya están aquí!

Cale vio cómo su madre se acercaba corriendo con los brazos abiertos.

—¡Hola, mamá! —contestó Cale feliz de estar de vuelta en su castillo.

Su madre se acercó y le dio un gran abrazo.

Detrás de ella aparecieron su hermana, su padre, sus amigos Casi, Mayo y Arco, los padres de Casi, que habían decidido acompañarlos para no perderse la gran entrada y, por último, Antón.

«Ah, el dragón de dos cabezas que está fuera debe de ser de Antón», pensó Cale.

Todos le rodearon y empezaron a hablarle a la vez. Sus amigos le daban palmadas en la espalda, su hermana quería conocer a su dragón, sus padres no paraban de hacerle preguntas: ¿Cómo te ha ido la prueba? ¿Cómo se ha portado Mondragó? ¿Tienes hambre? ¿Estás cansado? ¿Por dónde has venido? ¿Tuviste que andar todo el tiempo?

Cale se sentía feliz. Le había costado trabajo llegar, pero había merecido la pena. Por fin tenía un dragón. Por fin podía celebrarlo y tenía a su lado a todos aquellos con los que quería compartir su alegría.

Mondragó, agobiado por tanta gente y tanto ruido, una vez más intentaba esconderse detrás de la espalda de su dueño.

—No pasa nada, Mondragó —le decía Cale—. Esta es ahora tu familia.

De pronto, Antón se abrió paso entre el grupo, se acercó a Cale y le puso la mano en el hombro. Su voz profunda resonó entre las paredes de piedra:

—Cale, enhorabuena —dijo—. Has conseguido superar la prueba. Has demostrado que eres digno de tener un dragón —dijo—. A partir de hoy, Mondragó será tuyo para siempre y para siempre también debes cuidarlo, alimentarlo y mantenerlo a salvo. Debes protegerlo de cualquier mal y enfermedad y adiestrarlo para que forme parte de nuestra sociedad. ¿Crees que serás capaz de hacerlo?

—¡Por supuesto! —dijo Cale girándose para ver a Mondragó que seguía intentando esconderse—. ¡Jamás me separaré de él! ¡Mondragó es el mejor dragón que me pudo haber tocado!

Le acarició el morro con las dos manos. Pero al hacerlo, Mondragó echó la cabeza hacia atrás, apretó la boca y…

Pegó un gran estornudo lanzando una buena llamarada al suelo, que prendió fuego a un pequeño felpudo que había cerca de la puerta.

Todos se rieron.

—¡Menos mal que era un felpudo viejo! —dijo la madre de Cale. Estaba tan contenta de que su hijo hubiera regresado victorioso que apenas le molestó. Es más, se reía al apagar las llamas con el pie—. Bueno, venga, vamos a comer algo para celebrarlo —dijo, llevándose a todo el grupo a la cocina.

Esa noche, todos se quedaron a cenar y a celebrar el cumpleaños de Cale y la adquisición de su nuevo dragón. Bebieron, comieron, se rieron, contaron anécdotas, hicieron planes para el verano y se lo pasaron en grande.

Para Cale había sido el mejor día de su vida. Tenía un dragón, un montón de amigos y una familia que lo apoyaba. ¿Qué más podía pedir? Cale estaba feliz.

Cuando por fin se fueron todos sus amigos, Cale llevó a Mondragó a su habitación y le enseñó el almohadón gigante que le había preparado para que durmiera. Mondragó estudió con detenimiento su almohadón, después olfateó todos los rincones del cuarto, miró con curiosidad la jaula de la paloma mensajera que colgaba en una esquina, se asomó por la ventana, le dio un golpe sin querer a la armadura de Cale con la cola, haciéndola caer al suelo, volvió a olisquear la paloma un poquito más, intentó subirse una y otra vez en la cama de Cale, y el chico, una y otra vez lo llevó a su almohadón y le recordó que era allí donde tenía que dormir. Hasta que por fin, el gran dragón se tumbó en su almohadón, listo para descansar.

Cale se acostó en su cama. Había sido un día muy largo. Estaba tan emocionado por

todo lo que había pasado que no quería dormir, pero sabía que tenía que intentarlo. Sin embargo, todavía le faltaba algo por hacer, así que se levantó.

Abrió el saco y cogió el libro que Mondragó se había llevado del castillo del alcalde. Una vez más le pareció que estaba muy caliente. Observó su tapa de cuero y pasó el dedo por las letras doradas que ponían Rídel.

—Rídel —repitió en voz alta—. ¿Quién será Rídel?

Después lo abrió. Las páginas ya se habían secado y no se pegaban unas a otras. Al pasar la primera página, le sorprendió ver unas palabras que no había visto antes:

En el bosqsue, es importante, apenas quedan parlantes.

—¿Qué? —dijo Cale—. ¿Qué quiere decir esto?

Cale pasó más páginas, pero no encontró nada más. Ni una sola palabra. El resto del libro estaba totalmente en blanco.

Volvió a la página donde había leído el texto, ¡pero las letras habían cambiado! Ahora se veía otra frase:

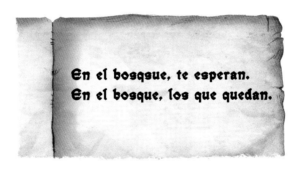

En el bosqsue, te esperan.
En el bosque, los que quedan.

—¿Qué está pasando? ¿Qué tipo de libro es este? —se preguntó Cale—. ¿Te esperan? ¿A quién? ¿A mí?

De pronto, ante sus propios ojos, las letras se desvanecieron y aparecieron otras nuevas en su lugar.

Mañana por la mañana.
El que no descansa, no gana.

Del susto, a Cale casi se le cae el libro de las manos.

—¡Espera! ¡Este libro me habla! —gritó Cale.

Mondragó abrió un ojo al oír los gritos de su dueño, pero al ver que no pasaba nada emocionante, volvió a dormirse.

Cale estaba entusiasmado con su nuevo hallazgo. ¡No se lo podía creer! ¡El libro parecía hablarle! Lo cerró para mirar la tapa de nuevo. Las letras de Rídel brillaban con más fuerza. Intentó abrirlo otra vez, pero esta vez no lo consiguió. Las hojas parecían haberse pegado con fuerza. No había manera de separarlas. El libro era sólido e impenetrable como un bloque de piedra. ¡Era imposible abrirlo!

—¡Espera! ¡Ábrete! ¡Dime quién eres! —le pidió Cale. Pero el libro siguió compacto, herméticamente cerrado.

Cale forcejeó con la tapa durante un buen rato. Siguió intentando comunicarse con el libro, pero era inútil. Se había cerrado a cal y canto.

Por fin, al ver que sus esfuerzos eran inútiles, Cale se tumbó en la cama, se puso el libro en el pecho y lo rodeó con los brazos. Se preguntaba qué querrían decir aquellas extrañas palabras y cómo podría abrirlo y volver a comunicarse con él. Pero en ese momento, empezó a notar todo el cansancio acumulado a lo largo del día. Sentía que los párpados le pesaban. Le dolían las piernas de tanto andar, los brazos de tirar de la correa y la espalda de los golpes que se había dado al caerse al río. Tenía que descansar. Su cuerpo ya no podía más. Miró a Mondragó que roncaba felizmente en su almohadón.

—Está bien, mañana continuaremos —dijo con los ojos medio cerrados—. Buenas noches.

En cuanto recostó la cabeza en su almohada, se quedó profundamente dormido.

La luna lo miraba a través de la ventana. Mondragó dormía a su lado. Había sido un día muy intenso, lleno de emociones, pero ahora había llegado el momento de descansar. Mañana sería otro día. El día en que conocería a Rídel.

—Hasta mañana —dijo una voz que salió del libro.